줄리오 시로
Giulio Siro

내가 사랑한
고양이

새홍

매력덩어리 고양이

고양이와 살면 규칙을 정할 수가 없다는 것을 깨닫게 된다.
꼭 규칙이 필요하다면 고양이가 정한 규칙을 받아들이는 법을
배워야 한다. 그럼에도 불구하고 고양이의 조용한 발걸음은
수천 년 동안 인간의 행보와 함께해왔다.
고양이의 눈빛과 마주칠 때마다 잠깐씩 신비로운 느낌,
쾌락과 아름다움, 완벽한 희열을 우아하게 탐닉하려는 욕망이
감춰진 심연 같다는 느낌을 받게 된다. 동시에 배신의 조짐과
섬뜩할 정도의 날카로움도 느껴진다.
고양이는 반역의 천사 루시퍼처럼 매력적인 모습 뒤에
죄를 감춘 악마적인 모습으로 비칠 수도 있다.
이런 이중적인 매력 덕분에 고양이는 오랜 세월
예술계에서 자리를 지키는 행운을 얻을 수 있었다.
독립적이고 여성적인 야행성 고양이는 개와 완전히 다르다.
역사적으로 개는 남성의 동반자로 지내왔고,
탁 트인 공간을 좋아하는 유순한 주행성 동물이다.
뿐만 아니라 농경이나 목축업, 사냥, 인명 보호를 비롯한
수많은 분야에서 개는 '인간에게 최고의 친구'로 칭송받았다.
물론 고양이도 가끔 쥐는 잡는다. 그 밖에 또 뭐가 있을까?

심리학과 생화학 연구에 따르면, 몸을 웅크리고 가르릉대고
사람의 손길을 좋아해서 쓰다듬어 달라고 몸을 맡기는 고양이는
사람의 정신 상태와 신체적 웰빙에 큰 치료 효과가 있다고 한다.
하지만 요점은 그것이 아니다. 고양이와 함께 사는 기쁨에서
'유용성'의 개념은 배제된다. 고양이는 언제든지 쿠션이나 벽, 소파,
양탄자를 비롯한 집안의 살림을 엉망으로 만들어놓을 수 있다.
부엌을 습격하는 건 두말할 것도 없다. 게다가 보은 정신 따위는
전혀 찾아볼 수 없다. 독립적이고 자유로워 훈련도 되지 않는다.
그럼에도 불구하고 우리는 고양이에게 '야옹이'라는 별칭을 붙이고,
다양한 방식으로 쓰다듬으면서 그들을 즐겁게 해주기 위해 애쓴다.
사실 이러한 행위 속에는 열등감도 감춰져 있다. 우리 인간들은
고양이에게 부러워하는 것이 참 많다! 높은 데서 떨어져도
완벽히 네 발로 착지하는 민첩함, 유연한 걸음걸이,
스스로 누릴 수 있는 최대의 기쁨을 찾는 능력, 누구에게도
잡히지 않을 만큼 빠른 달리기 실력, 세상의 진실과 모순을
모두 꿰뚫은 듯 거만하고 초연한 태도에서 풍기는 위엄까지…
예술가들은 일찍부터 고양이의 내면적인 매력을 포착했다.
아름답지만 기이하고, 다정다감한 약탈자이자 사랑스러운 악당이고,

무기력해 보일 정도로 게으르지만 언제라도 수면과 불면의 경계를
한순간에 깨뜨릴 준비를 하고 있는 고양이는 '역설'을 사랑하는
동물이다. 애완동물이지만 길들여지지 않으려 하고, 호랑이로서의
본능을 감춘 채 꾸벅꾸벅 졸기를 즐기는 잠꾸러기다.
이처럼 고양이의 모순된 성향들은 예술작품 속에서 다양한 방식으로
꾸준히 등장한다. 소름 돋을 만큼 공포스러운 모습에서 꿈꾸는 듯
잠든 너무나 온순하고 부드럽고 사랑스러운 모습에 이르기까지…
작품의 내용과 그에 대한 해석에 차이가 있기는 하지만,
불안감을 조성하고 비밀을 폭로하는 이미지가 더 커진 것은 아마도
수천 년 세월 동안 고양이가 한결같이 스스로에게만 충실해왔기
때문일 것이다. 시인들의 표현에 의하면,
고양이는 자신의 '고양이스러움'에 지극히 만족하며
오만방자함에 가득 차서 우리 인간을 자신의 '집사'라고 생각한다.
형언할 수 없는 고양이의 매력에 항복한 우리는 매일 집사로서의
예를 다하고 있다. 고양이를 쓰다듬으면서 초조하게 기다리다가
고양이가 좋아서 '가르릉'거리면 그제야 행복해지니 말이다.

물의 흐름을 상징하는 그 구체화가 물고기라면,
고양이는 우아한 공기 흐름의 표상이다.

도리스 레싱

이집트 미술품, 〈늪에서의 사냥 장면〉(부분), 기원전 1350년경, 대영박물관, 영국 런던

수천 년 전, 고양이는 신으로 숭배되었다.
고양이는 이를 결코 잊지 않았다.

테리 프래쳇

앉아 있는 고양이에게게서
가장 이상적인 평온함을 발견할 수 있다.

쥘 르나르

이집트 미술품, 〈고양이 성상〉, 26대 왕조, 기원전 664–525, 이집트 박물관, 이탈리아 토리노

어느 잘생긴 외모의 청년을 사랑하게 된 한 암고양이가
아프로디테에게 자신을 젊은 아가씨로 바꿔달라고 간청했다.
애절한 사랑에 동정심을 느낀 아프로디테는 고양이를
사랑스러운 소녀로 변신시켜주었고,
청년은 소녀로 변한 고양이를 보자마자 사랑에 빠져
자신의 집으로 데려갔다. 둘이 침대에 누워 있는 사이,
아프로디테는 암고양이의 본성도 변했는지 알고 싶어서
방 한가운데에 생쥐 한 마리를 떨어뜨렸다.
그러자 암고양이는 자신의 상태를 망각하고 침대 밑으로
폴짝 뛰어내려가 쥐를 잡아먹으려고 쫓아다녔다.
그 모습을 본 아프로디테는 고양이에게 화가 나
다시 예전 모습으로 바꿔버렸다.

이솝

그리스 미술품, 〈가죽끈을 맨 고양이와 아테네인〉(부분),
기원전 500년경, 국립 고고학 박물관, 그리스 아테네

우리 모두가 알고 있듯이
고양이들은 지금 세상을 지배하고 있다.

존 R. F. 브린

이집트 미술품, 〈고양이 미라를 넣은 관〉, 기원전 2세기, 이집트 박물관, 이탈리아 토리노

고양이는 세상의 모든 것이
인간을 섬겨야 한다는 정설을
깨뜨리려고 세상에 왔다.

폴 그레이

로마 미술품, 〈고양이와 오리를 넣은 모자이크 상징물〉(부분),
기원전 2세기, 로마 국립박물관, 이탈리아 로마

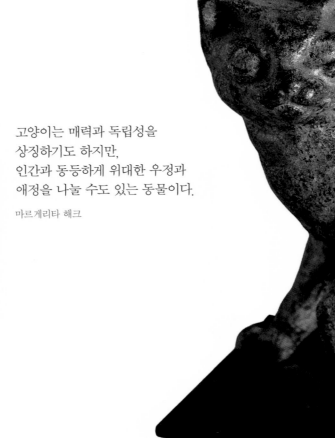

고양이는 매력과 독립성을
상징하기도 하지만,
인간과 동등하게 위대한 우정과
애정을 나눌 수도 있는 동물이다.

마르게리타 해크

로마 미술품, 〈고양이상〉,
1세기, 카탈루냐 국립박물관, 스페인 바르셀로나

신은 인간에게
쓰다듬을 수 있는 호랑이를 주려고
고양이를 창조했다.

조제프 메리

남미 미술품, 〈야생 고양이 모양의 도자기〉, 3세기, 고고학 박물관, 페루 리마

고양이가 흰색이든 검은색이든 그건 중요치 않다.
그저 쥐만 잡으면 된다.

덩 샤오핑

중세 영국의 채색가, 〈고양이 세 마리와 쥐〉, 13세기, 영국 도서관, 영국 런던

vs pusil[l...]
nomen et[...]
hir. lati[...]
res quod ex hum[...]
mus tra. unde & [...]
mo recur crescit. [...]

개들은 먹는다.
고양이들은 식사를 한다.

앤 테일러 앨런

피에트로 로렌체티, 〈최후의 만찬〉(부분),
1315–1319, 산 프란체스코 대성당 아래층 예배당, 이탈리아 아시시

고양이가 불붙은 나무 조각처럼 반짝이는 두 눈으로
지금 갉아먹는 자의 소굴을 감시한다.

윌리엄 셰익스피어

어둠은 고양이를
대담하고, 뻔뻔스럽고,
오만하고, 자만하고,
스스로의 재치를 알게 만든다.

아드리아노 바켈라

나는 개와 고양이를
제대로 대접해주지 않는
인간의 종교에는 별 흥미가 없다.

에이브러햄 링컨

프랑스 채색가, 〈수태고지〉, 1410, 영국 국립도서관, 영국 런던

고양이가 아무리 멍청해도
개보다는 아는 게 많은 것 같다.

엘리너 클라크

　다비드 오베르, 《르뇨 드 몽토방》에 삽입된 채색화, 1462, 병기고 도서관, 프랑스 파리

고양이는 가정의 신 라레스와 곳간의 신 페나테스와 닮아서
애무를 사랑하지만, 절대 이에 보답하지는 않는다.

헤로도토스

도메니코 기를란다요, 〈최후의 만찬〉(부분), 1480년경, 산 마르코 미술관, 이탈리아 피렌체

고양이는 철저히 정직하다.
인간은 이런저런 이유로
자신의 감정을 숨기기도 하지만,
고양이는 그렇지 않다.

어니스트 헤밍웨이

레오나르도 다 빈치, 〈고양이와 함께 있는 성모와 아기 예수 습작〉,
1480-1481, 대영박물관, 영국 런던

개는 산문.
고양이는 시.

장 버튼

바르톨로메오 델라 가타, 〈십자가 전설의 한 장면〉,
1490, 산 프란체스코 대성당, 이탈리아 아시시

고양이가 말했다.
"최후의 만찬을 하고 있군, 친구."
쥐가 대답했다.
"그래, 그런데 나는 목숨이 하나라
한 번만 죽어. 너는 어떻지?
듣자하니 너는 목숨이 아홉 개라던데,
그건 네가 아홉 번 죽어야 한다는 뜻 아닌가?"

칼릴 지브란

히로니뮈스 보스, 〈쾌락의 정원〉(부분), 1495, 프라도 미술관, 스페인 마드리드

고양이는 자연에서 모든 것이
각자의 기능을 할 필요는 없다는 것을
가르쳐주기 위해 존재한다.

개리슨 케일러

조반니 피에트로 다 쳄모, 〈수태고지의 성모〉, 1495년경, 산 로코 성당, 이탈리아 브레시아

고양이는 고양이의 명예를 걸고
그 무엇에도 도움이 되지 않기로 작정한 것처럼 보인다.
개를 보면 숲을 산책하고 싶지만,
고양이를 보면 집에서 빈둥거리고 싶어진다.
개가 일차적 동물이라면, 고양이는 이차적 동물이다.

미셸 트루니에

고양이는 신이 빚어낸
최고의 걸작이다.

레오나르도 다 빈치

일본 미술품, 〈고양이 상징물〉,
16세기, 동양미술관, 이탈리아 베네치아

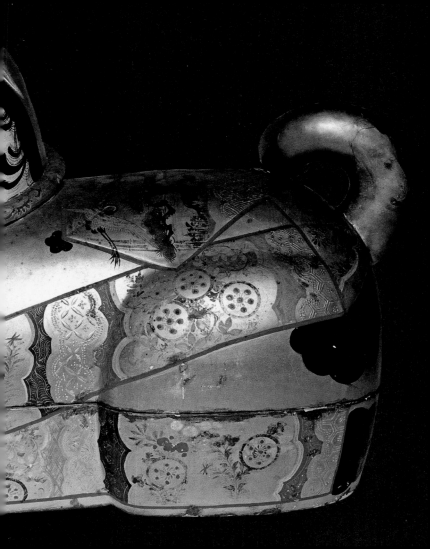

고양이는 움직이는 모든 것에 호기심을 갖고
재밋거리로 생각한다.
세상에는 자신이 즐길 것이 가득하므로
이 우주에 다른 목적이 있다는 생각은 하지 못한다.

프랑수아-오귀스탱 드 파라디 드 몽크리

고양이들은 무엇보다도 극작가다.

마거릿 벤슨

알브레히트 뒤러, 〈아담과 이브〉, 동판화, 1504, 루브르 박물관, 프랑스 파리

난 돼지가 좋다.
개는 우리를 올려다보고
고양이는 우리를 내려다본다.
돼지만이 우리를 동격으로 취급해준다.

윈스턴 처칠

플랑드르파, 〈2월〉, 《브레비아리오 그리마니(플랑드르 채색화집)》 중에서,
1510-1520, 마르치아나 국립도서관, 이탈리아 베네치아

고양이를 싫어하는 사람들은
다음 생애에 쥐로 태어날 것이다.

페이스 레스닉

레오나르도 다 빈치, 〈고양이와 말 연구〉, 1513-1515, 윈저성(로열 컬렉션), 영국 윈저

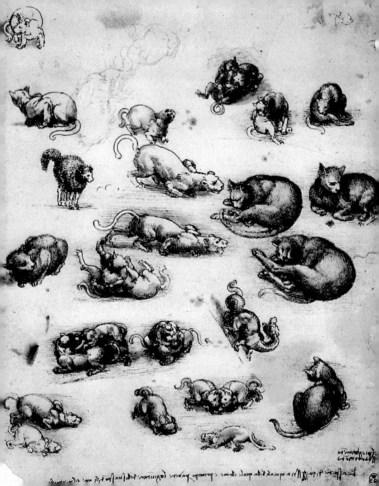

고양이는 우리에게 한 가지 사실을
가르쳐주려고 세상에 있는 것 같다.
완벽하게 몰입하면,
한순간도 영원처럼 살 수 있다는 것 말이다.

제프리 무사예프 마송

줄리오 로마노, 〈암고양이의 성모〉, 1522–1523, 카포디몬테 국립박물관, 이탈리아 나폴리

모든 동물 중에서
고양이만이 명상하는 삶의 경지에 이른다.

앤드루 랭

한스 발둥 그린, 〈음악의 즐거움〉, 1525, 알테 피나코테크 미술관, 독일 뮌헨

지구에서 고양이를 대하는
당신의 태도가
천국에서 당신의 '상태'를
좌우하게 될 것이다.

로버트 앤슨 하인라인

베르나르디노 루이니, 〈최후의 만찬〉,
1532, 산타 마리아 델리 안젤리 성당, 스위스 루가노

발매트 위의 살찐 고양이는
생크림을 잔뜩 올린 생쥐 간식을
상상하는 것처럼 보일 수 있다.

존 로널드 류엘 톨킨

얀 코르넬리스 베르메이엔, 〈화로 곁의 신성한 가족〉, 1532–1533, 미술사 박물관, 오스트리아 빈

고양이는 신비로운 동물이다.
그들의 마음속에는 우리가 상상하는 것보다
훨씬 더 많은 것이 들어 있다.

월터 스콧

로렌초 로토, 〈수태고지〉, 1534-1535, 시립미술관, 이탈리아 레카나티

몇몇 사람들은 고양이를 키우면서도
정상적으로 살아가기도 한다.

작자 미상

야코포 틴토레토, 〈성 세례 요한의 탄생〉(부분),
1554–1555, 에르미타주 미술관, 러시아 상트페테르부르크

고양이와 쥐가 마음이 맞으면
식품점이 망한다.

이란 속담

〈바보는 앞에서는 아첨을, 뒤에서는 조롱을 하게 만든다〉, 동판화, 1558, 개인 소장

Men siet het baeghelics voele voer oogh hen/
Die lichtelick geloeft/wort haest bedrogen
Dus machmen hem wel bespotten/begabben/
Die hem voer laet licken/en achter crabben.

누가 우리집 초인종을 울리지?
병들고 별로 예쁘지 않은 고양이….

이탈리아 속담

피터르 브뤼헐, 〈플랑드르 속담〉(부분), 1559, 국립회화관, 독일 베를린

아기고양이는 집 안의 기쁨이다.
집 안에는 하루 종일
누구와도 비교할 수 없는
이 배우의 코미디가 펼쳐진다.

쥘 샹플뢰리

빈센트 셸레르, 〈안티오페와 그녀의 쌍둥이 자식들과 함께 있는 사티로스로 변한 제우스〉,
1560년경, 루브르 박물관, 프랑스 파리

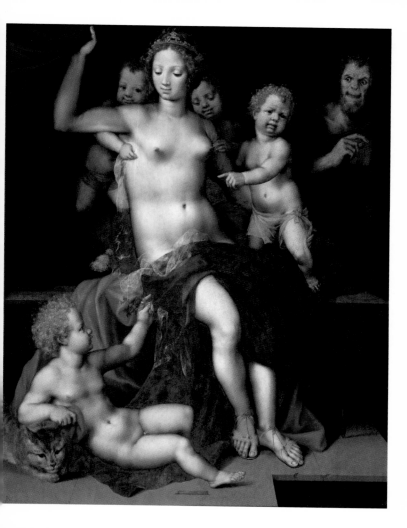

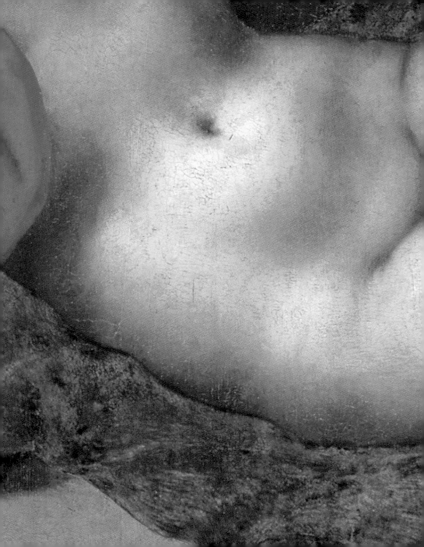

고양이와 눈빛을 교환하게 된다면,
영악한 인간을 향한 고양이의 두 눈에 담긴
수수께끼의 깊이를 헤아릴 수 있을 것이다.

자크 로랑

조반니 스트라다노, 〈연금술사의 실험실〉(부분), 1570, 베키오 궁전, 이탈리아 피렌체

개는 인간에 대해 생각하고,
고양이는 신에 대해 생각한다.

작자 미상

파올로 베로네세, 〈시몬 집에서의 만찬〉(부분), 1570년경, 브레라 미술관, 이탈리아 밀라노

작가들에게 고양이는 위험한 동반자다.
고양이를 바라보는 것은
글쓰기를 방해받는 완벽한 방법이기 때문이다.

댄 그린버그

안드레아스 폰 헤르나이젠, 〈폰 헤르나이젠이 그린 한스 작스의 초상〉,
1574, 헤어초크 아우구스트 도서관, 독일 볼펜뷔텔

Als ich in Conterfeyen wardt
am Tisch nach Doct ischer art
Ein Kleines ketzlein wie ich freich
Sie hub sein Darbt hierumer strich
Ich Sprach Hertz sache sol ich darnach
dem ketzlein auch seine farb gebn
wie es sich da Streicht auf dem
Gei leib nein sprach man geb mir
das ich solt ein marx bruder sein
Darumb so walt mirs Ja uit
Hieran ~

고양이가 있는 집은
고양이의 집이다.
우린 그저 대출금을 낼 뿐.

작자 미상

빈센초 캄피, 〈주방〉,
1585, 브레라 미술관, 이탈리아 밀라노

장수하려면
고양이처럼 먹고,
개처럼 마셔라.

독일 속담

프란체스코 바사노, 〈최후의 만찬〉, 1590, 프라도 미술관, 스페인 마드리드

고양이는 인간에게 기회를 많이 주지 않는다.
고양이의 신뢰를 몇 번 저버리면 얼마 가지 않아
고양이의 인생에서 제외되고 말 것이다.

제프리 무사예프 마송

안니발레 카라치, 〈고양이를 괴롭히는 두 소녀〉, 1590, 메트로폴리탄 미술관, 미국 뉴욕

나는 우유를 훔칠 때의 고양이처럼 신중하다.

윌리엄 셰익스피어

야코포 틴토레토, 〈최후의 만찬〉(부분), 1590-1592, 산 조르조 마조레 성당, 이탈리아 베네치아

밤에는 고양이들이 전부 잿빛이 된다고 한다.
틀렸다. 고양이들도 밤에는 다 잔다.

파트리크 팀시

페데리코 바로치, 〈수태고지〉, 1592-1596, 산타 마리아 델리 안젤리 성당, 이탈리아 아시시

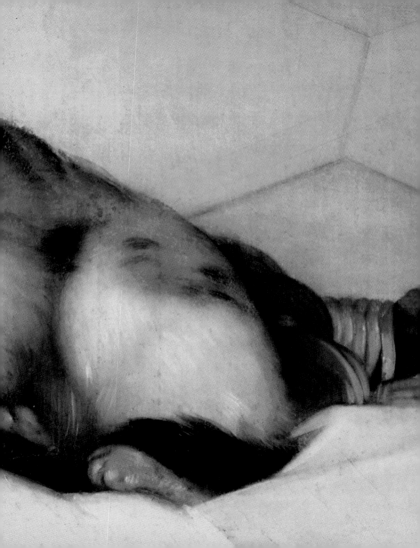

일반적인 고양이라는 건 없다.

콜레트

포르투갈 수공예품, 〈앉아 있는 고양이〉, 도자기 타일, 17세기, 프론테이라 궁전, 포르투갈 리스본

그대의 부드러운 포장도로 위로
또다시 가벼운 빗물이
숨처럼, 혹은 발걸음처럼 떨어질 것이다.
그대가 다시 들어갈 때
산들바람과 새벽이
그대 발걸음 아래에서처럼
또다시 가벼운 꽃을 피울 것이다.
꽃과 창틀 사이에 있는
고양이들은 그것을 알리라.

체사레 파베세

안 브뤼헐 조바네와 페터 파울 루벤스, 〈원죄〉(부분),
1615년경, 마우리츠하위스 미술관, 네덜란드 헤이그

윤기가 흐르는 오렌지색 털에 뒤덮인
거대한 고양이 크룩생크조차도 지겨워하는 것 같았다.
그때까지 편하디편한 소파에서 웅크리고 앉아
계속 야옹거리고 있다가 내려와
초상화 구멍으로 나가버리고 말았다.
아, 조금 특별한 일이 있기는 했다.
크룩생크는 학구열 높은 주인 헤르미온느의
관심을 끌려는 생각에 지팡이를
훔쳐 이빨 사이에 물고 있었다.

조앤 캐슬린 롤링

내 고양이들이 행복하지 않을 때는
나도 행복하지 않다.
고양이들의 기분이 걱정스러워서가 아니라,
고양이들은 앉아서 나와 똑같아질 방법을
생각한다는 것을 알기 때문이다.

퍼시 셸리

난 특히 가르릉거리는 고양이를 보면 참을 수 없다.
고양이들은 내가 아는 것 중 가장 깔끔하고,
매력 있으며 영리한 존재다.
물론 당신이 사랑하는 여인을 제외하고 말이다.

마크 트웨인

안 반 비레르트, 〈고양이를 꼬집는 소녀〉, 1626, 월터스 미술관, 미국 볼티모어

고양이들은 감은 눈꺼풀도 뚫고 본다.

영국 속담

페터 파울 루벤스, 〈수태고지〉, 1628년경, 루벤스 생가, 벨기에 안트베르펜

고양이는 등을 어루만져주면
기분이 좋아서 가르릉거린다.
사람도 고양이와 한 치도 다르지 않다.
사람도 칭찬을 받으면
사탕발림이라는 것을 뻔히 알면서도
흐뭇해지는 것은 어쩔 수 없다.

쇼펜하우어

유디트 레이스터, 〈고양이와 웃는 아이들〉,
1629, 노르트만 마스터 페인팅스 회사, 네덜란드 마스트리흐트

고양이는 탁자 위든 의자 위든, 어디서든 잠을 잔다.
피아노 위든, 창틀이든, 방 한가운데든, 구석이든.
열린 서랍이나 신발 속,
누군가의 무릎 위에서도 잘 잔다.
종이상자 속에나 이불장 속에서도 웅크리고 잔다.
어디서든 잔다! 장소는 상관없다!
고양이는 어디서든 잔다.

엘리너 파전

나는 내 고양이가 그 누구에게도
애착을 품지 않는 남다른 성격과
거실에서 지붕으로 혼자 돌아다니는
독립적인 기질을 가졌다는 점이 좋다.

프랑수아-르네 드 샤토브리앙

다비트 테니르스, 〈술 마시는 왕〉,
1634-1640, 프라도 미술관, 스페인 마드리드

고양이와 함께 놀 때면
내가 고양이를 데리고 노는 것인지,
고양이가 나를 데리고 노는 것인지,
알 수가 없더라.

미셸 드 몽테뉴

프란스 할스, 〈고양이와 함께 있는 남자〉, 1635, 회화관, 독일 카셀

고양이가 돼지기름 근처에 가면
발을 빠뜨린다.

이탈리아 속담

이 세상에서 실질적이고
능동적인 의식을 가진 존재는
고양이와 순응주의자뿐이다.

제롬 클랩카 제롬

안 민세 몰레나르, 〈베드로의 부정〉,
1636, 미술박물관, 헝가리 부다페스트

고양이와 놀려면 긁힐 준비를 해야 한다.

미겔 데 세르반테스

얀 민세 몰레나르, 〈고양이가 할퀸 소년〉, 1640, 보주 박물관, 프랑스 에피날

고양이가 없으면 쥐들이 춤을 춘다.

이탈리아 속담

다비트 테니르스, 〈고양이 벼룩을 잡는 노파〉(부분), 1640년경, 개인 소장

고양이는 절대 소유할 수 없는 동물이다.
고양이의 삶에 동참하게 됐다면,
그것은 두말할 것도 없이 특권을 갖게 되는 것이다.

베릴 리드

앙투안 르 냉, 〈무용 수업 준비〉, 1643, 주립미술관, 독일 카를스루에

사람도 부르면 도망쳐버리는 고양이와 같아요.
가만히 앉아서 무시하고 있으면
다가와서 당신의 발에 몸을 비빌 거예요.

헬렌 롤런드

렘브란트, 〈신성한 가족〉(부분), 1646, 회화관, 독일 카셀

고양이와 원숭이, 원숭이와 고양이.
이 두 동물 안에 인간의 모든 인생이 담겨 있다.

헨리 제임스

아브라함 테니에르, 〈원숭이와 고양이가 있는 이발관〉(부분),
1647–1648, 미술사 박물관, 오스트리아 빈

내가 고양이보다
개를 좋아하는 이유는 간단하다.
경찰 고양이를 본 적이
없기 때문이다.

장 콕토

얀 페이트, 〈고양이와 개가 있는 정물〉,
1649년경, 프라도 미술관, 스페인 마드리드

새벽이 찾아오면서 밤이 퇴장하는 사이에도
호기심 많은 고양이는 금테를 두른 매끈한 눈으로
중국산 매트 위에 여전히 웅크리고 있었다.

오스카 와일드

렘브란트, 〈성모와 아기 예수〉, 1654, 프티 팔레 미술관, 프랑스 파리

고양이를 볼 때마다
불꽃을 보는 것처럼 매료된다.

조르조 첼리

샤를 르 브룅, 〈잠자는 아기 예수〉(부분), 1655, 루브르 박물관, 프랑스 파리

고양이의 시간은 완벽하다.
고양이는 그 어떤 성가신 생각에 빠지는 일 없이
자신의 동공처럼 몸을 길게 뻗었다가
다시 오므려 자신만의 시간에 집중한다.

클라우디오 마그리스

디에고 벨라스케스, 〈실 뽑는 여인들〉, 1657년경, 프라도 미술관, 스페인 마드리드

고양이를 이해할 줄 알아야 문명인이다.

장 콕토

얀 스테인, 〈고양이에게 책 읽기를 가르치는 아이들〉, 1663, 쿤스트뮤지엄, 스위스 바젤

경쾌하고 안정적인
멋진 점프로
고양이가 바닥에서 벽으로
지나가네
그러고는 다시 한 번 생각을 해보고
펄쩍 날아
벽에서 바닥으로 돌아오네
잔뜩 웅크린 걸음으로
미친 고양이가 감시를 하네
미친 고양이가
새를 지켜보고 있네

세르조 엔드리고

얀 스테인, 〈무질서한 집〉(부분), 1665, 개인 소장

인간을 포함한 모든 동물 중에서
고양이만큼 자기 자신을 믿는 동물은 별로 없다.

제프리 무사예프 마송

연감, 〈고양이와 식사하는 노부인〉, 1670년경, 개인 소장

인간과 고양이가 교배가 가능하다면
인간은 진화하고, 고양이는 퇴화할 것이다.

마크 트웨인

샤를 르 브룅, 〈고양이 머리와 인간 머리 비교〉(부분),
《디자인 입문자를 위한 초상화 가이드북》 중에서, 1670년경, 장식미술 도서관, 프랑스 파리

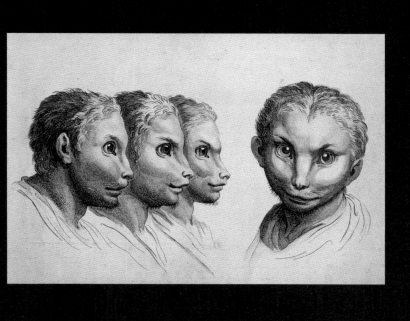

이동성과 활기, 민첩성, 탄력성, 공간 지각 능력은
고양이의 존재 개념을 유지해주는 초석이다.

아드리아노 바켈라

새끼고양이는
동물의 왕국 정원 속의 장미꽃 봉오리다.

로버트 사우디

주세페 마리아 크레스피, 〈장미와 고양이와 함께 있는 여인!〉,
1695–1705, 국립미술관, 이탈리아 볼로냐

고양이를 목욕시키는 데 필요한 구성 요소는
짐승 같은 힘, 인내력, 결단력, 그리고 고양이다.
주로 마지막 요소를 손에 넣기가 제일 힘들다.

스티븐 베이커

〈고양이들의 노래〉, 고양이를 길들이는 사람들을 대상으로 한 광고 인쇄 원판,
1702, 페랑 컬렉션, 프랑스

고양이는 자신을 조용히 자게
내버려두게 하려고
죽은 척을 한다.

라몬 고메스 데라세르나

주세페 마리아 크레스피, 〈설거지하는 하녀〉(부분), 1710–1715, 우피치 미술관, 이탈리아 피렌체

매커비티는
'숨겨진 발'이라 불리는 신비한 고양이.
매커비티는 자신이 법에도 도전할 수 있는
가장 위대한 범죄자라 믿지.
그는 스코틀랜드 야드(런던경찰국의 별칭)의 골칫거리로
기동 순찰대를 당황하게 만들지.
그들이 범죄 현장에 도착하면
매커비티는 이미 사라지고 없거든!

토머스 스턴스 엘리엇

장-바티스트-시메옹 샤르댕, 〈정물〉, 1728, 티센보르네미사 미술관, 스페인 마드리드

고양이들의 문제는
그들의 눈빛이 나비를 볼 때나
잔인한 살인자를 볼 때나
전혀 변함이 없다는 것이다.

폴라 파운드스톤

장-바티스트-시메옹 샤르댕, 〈가오리〉(부분), 1728, 루브르 박물관, 프랑스 파리

개가 당신의 무릎 위로 올라온다면,
당신을 좋아하기 때문이다.
그러나 고양이가 그런다면, 그건 단지
당신의 무릎이 다른 곳보다 따뜻하기 때문이다.

앨프리드 노스 화이트헤드

자코모 체루티, 〈두 거지〉(부분), 1730-1734, 토시오 마르티넨고 미술관, 이탈리아 브레시아

완벽한 악기인 내 마음을 네 목소리처럼 뜯어 연주하고,
가장 떨리는 현을 네 목소리보다 더욱 장엄하게
노래하게 만드는 활은 없다.
신비로운 고양아, 천사 같은 고양아,
낯선 고양아!

샤를 보들레르

프랑수아 부셰, 〈화장〉(부분), 1732, 티센보르네미사 미술관, 스페인 마드리드

불교에서는, 부처가 죽은 후에
동물들이 모두 모였는데, 그중에서
고양이와 뱀, 이 두 동물만
눈물 한 방울 흘리지 않았다는
전설이 전해진다.

다니엘 라우엘르

샤를 조제프 나투아르, 〈마드무아젤 드 샤롤레〉(부분),
1740년경, 샤토 박물관, 프랑스 베르사유

고양이는 묻지 않고, 그냥 먹어.

가필드

윌리엄 호가스, 〈그레이엄 집안의 아이들〉(부분), 1742, 내셔널 갤러리, 영국 런던

소리가 없는 것은 진정한 고요의 샘이다.
약이 없다는 것은 아주 건강하다는 신호다.
개가 없다는 것은 고양이에게 매우 이상적인 환경이다.

헨리 비어드

피에르 쉬블레라, 〈매〉, 1743, 루브르 박물관, 프랑스 파리

고양이는 길들이기가 아주 어렵다고 들었다.
하지만 그렇지 않다.
내 고양이는 이틀 만에 나를 길들였다.

빌 데이나

장-바티스트 페로노, 〈여자아이와 고양이〉, 1745, 내셔널 갤러리, 영국 런던

고양이는 태양의 기생동물이다.
해가 있으면, 고양이도 있다.

비토리오 조반니 로시

장-바티스트 클로도, 〈수탉과 고양이와 생쥐〉, 장 드 라 퐁텐의 우화 일러스트,
18세기, 라 퐁텐 박물관, 프랑스 샤토티에리

고양이는 호기심 때문에 죽지만,
만족감이 그를 되살려놓는다.

영국 속담

프랑수아-위베르 드루에, 〈퐁파두르 부인의 초상〉, 1755–1760, 테이트 갤러리, 영국 런던

능력 있는 고양이는 발톱을 숨긴다.

영국 속담

주세페 발드리기, 〈아내와 함께 있는 자화상〉, 1756, 국립미술관, 이탈리아 파르마

제 남편이 자기와 고양이 중 하나를 선택하라고 하더군요.
음, 그 사람이 가끔 보고 싶네요.

작자 미상

장-바티스트 페로노, 〈소녀와 고양이〉, 1757, 루브르 박물관, 프랑스 파리

고양이는 어느 정도 떨어져서 보면 굉장히 아름답다.
그리고 가까이 다가가서 보면
마르지 않는 경이로움의 샘처럼 느껴진다.

팸 브라운

　토머스 게인즈버러, 〈화가의 딸들과 고양이〉, 1760-1761, 내셔널 갤러리, 영국 런던

고양이는 아침마다 내 가슴에 머리를 두고 있었다.
고양이가 있다는 게 느껴지면 금세 마음이 편안해졌지만,
동시에 내가 바보처럼 여겨졌다.
그건 말로 설명하기 어려운 복잡한 감정이다.
우리가 가장 행복할 때, 우리 뒤에는 항상 고양이가 있다.

제라르 디파르디외

프랑수아-위베르 드루에, 〈고양이와 노는 소녀〉, 1763, 개인 소장

나는 친구도, 하인도 아니야.
나는 홀몸으로 홀연히 떠나는 고양이인데,
너의 동굴 속으로 들어가고 싶어.

러디어드 키플링

노엘 알, 〈가난한 자들의 교육〉, 1765, 개인 소장

여자는 고양이 같아서 떨어져도 자기 발로 선다.

페르시아 속담

조지프 라이트 오브 더비, 〈촛불 앞에서 아기고양이 옷을 입히는 두 소녀〉,
1768-1770, 켄우드 하우스, 영국 런던

격정적인 연인들과 근엄한 학자들도
중년이 되면 모두 한결같이
고양이를 사랑한다.
강하고 순하면서 자기들처럼
추위도 타고, 웅크리고 사는
집안의 자랑거리인
고양이를 사랑한다.

샤를 보들레르

니콜라-베르나르 레피시에, 〈기상〉,
1773, 상들랭 미술관, 프랑스 생토메르

내가 고양이를 사랑하는 건
집에 있는 시간을 즐기기 때문이다.
고양이들은 눈으로 확인할 수 있는
내 집의 영혼이다.

장 콕토

스페인파, 〈가정적인 장면〉, 도자기 타일,
1780, 곤살레스 마르티 국립 도자기 박물관, 스페인 발렌시아

Sebasti...
Mariqu...
Eleute...
a pelot...
y Anica
los plato...

고양이는 최고의 친구다.
그런데 할퀴어서 안타깝다.

포르투갈 속담

파올로 보로니, 〈소년과 고양이〉, 1780, 스포르체스코 성의 시립 미술품 수집관, 이탈리아 밀라노

우아하면서도 꽉 차고,
뭔가 아이러니하면서
애교 있어.
신비로워서 관심이 가는
음흉한 미치광이 악당,
고양이의 저주.

루초 바티스티

호세 델 카스티요, 〈화가의 연구〉,
1780, 프라도 미술관, 스페인 마드리드

몽롱하게 반짝이는 그 초록 눈동자로 바라보고
벨벳 같은 두 귀를 곧게 펴라. 그러나 제발
감춰진 네 발톱은 찔러넣지 마라.

존 키츠

존 호프너, 〈소년과 고양이〉, 1786, 오르세 미술관, 프랑스 파리

고양이의 분노는 아름답다.
순수한 고양이의 불꽃이 타오른다.
털은 모조리 곤추서고
두 눈은 이글이글 불타며
파란 불꽃을 일으킨다.

윌리엄 수어드 버로스

프란시스코 고야, 〈싸우는 고양이들〉, 1786–1787, 프라도 미술관, 스페인 마드리드

고양이는 왕도 똑바로 쳐다볼 수 있다.

영국 속담

프란시스코 고야, 〈어린 마누엘 오소리오 데 수니가의 초상〉, 1788, 메트로폴리탄 미술관, 미국 뉴욕

고양이들과 평생을 함께 보내면서 남은 것은 깊은 고통이다.
그 고통은 인간에게서 느끼는 것과는 아주 다른,
스스로를 방어할 수 없다는 무능력에서 오는 고통과
모든 것이 우리 인간의 잘못이라는 자책감이
혼합된 느낌이다.

도리스 레싱

대니얼 가드너, 〈고양이를 안은 소녀의 초상〉, 1790, 개인 소장

'피트'는 솜털 요괴 같던 새끼고양이 시절부터
단순 명쾌한 철학이 있었다.
주거와 식사, 그리고 기상 조건에 따른 시중은
나에게 맡기고, 그 밖의 일은 모두 자기가
알아서 한다는 철학이었다.

로버트 앤슨 하인라인, 《여름으로 가는 문》 중에서

조지 스텁스, 〈앤 화이트 양의 새끼고양이〉, 1790, 로이 마일스 파인 페인팅스, 영국 런던

고양이들은 철저한 개인주의자다.
고양이는 모든 것에 대해, 심지어 주인에 대해서도
자신만의 독자적인 생각을 갖고 있다.

모리스 존 딩먼

존 호프너, 〈고양이를 데리고 있는 여자와 어린 남자아이〉, 1795, 루브르 박물관, 프랑스 파리

고양이에게는 특별하고
품위 있는 이름이 필요해요.
그렇지 않고서야 고양이가 어찌
꼬리를 꼿꼿하게 세우고 수염을 쫙 펴고
자존심을 지킬 수 있겠어요?

토머스 스턴스 엘리엇

　마르탱 드롤링, 〈여자와 생쥐〉, 1798, 순수미술관, 프랑스 오를레앙

고양이를 사랑하는 사람은
다른 고양이도 모두 사랑한다.
자기 개를 사랑하는 사람은
다른 개는 사랑하지 않는다.

롤랑 토퍼

　마르그리트 제라르, 〈무릎 위에 소녀를 세우고 앉아 있는 여인〉, 1799, 순수미술관, 프랑스 디종

하늘은 너의 두 눈 속에 있고,
지옥은 네 마음속에 있다.

오노레 드 발자크

프란시스코 고야, 〈잠자는 이성은 괴물을 깨운다〉, 에칭 판화, 1799, 국립도서관, 스페인 마드리드

한 고양이의 눈에는
모든 고양이가 들어 있다.

영국 속담

벤저민 캠 노턴, 〈세 마리의 고양이〉,
19세기, 마이클 파킨 갤러리, 영국 런던

금붕어는 고양이와 비교할 때
거실 커튼을 잡고 기어올라가는 일이
거의 없는 애완동물이다.

마르크 에스케이롤

스페인파, 〈어느 발렌시아 지방의 부엌〉, 도자기 타일, 19세기, 국립 장식미술 박물관, 스페인 마드리드

아무도 기다리지 않는 집이 무슨 의미가 있을까?
집은 고양이에게 은신처이자 피난처로서의 의미가 크다.
고양이는 밥과 휴식이 사랑이라는 것을 잘 알고 있고,
그 사실을 우리에게 항상 상기시킨다.

지나 라고리오

마리-이본 라르, 〈편지를 읽는 젊은 여인〉, 19세기, 개인 소장

고양이를 좋아하는 사람은 예쁜 아내를 얻는다.

프랑스 브르타뉴 지방 속담

요한 프리드리히 오버베크, 〈화가 프란츠 포어의 초상〉, 1810년경, 국립회화관, 독일 베를린

고양이의 졸음은 무겁지만, 발걸음은 가볍다.

프레드 슈워브

요한 하인리히 빌헬름 티슈바인, 〈가족들에게 둘러싸인 할아버지〉,
1811, 국립박물관, 독일 플렌스부르크

여성과 시인, 특히 예술가들이 고양이를 좋아한다.
섬세한 천성을 가진 사람만이
고양이의 예민한 신경계통을 이해할 수 있다.

헬렌 마리아 윈슬로

　장 알로, 〈앵그르의 로마 아틀리에〉, 1818, 앵그르 미술관, 프랑스 몽토방

뚱뚱한 고양이조차도 날씬해 보이는 포즈를
취해야 한다는 것을 본능적으로 알고 있다.

존 웨이츠

테오도르 제리코, 〈소녀 루이즈 베르네의 초상〉, 1819–1824, 루브르 박물관, 프랑스 파리

고양이를 싫어하는 사람을 조심하라.

아일랜드 속담

테오도르 제리코, 〈죽은 고양이〉, 1821, 루브르 박물관, 프랑스 파리

타이 푸시는 구제불능 이기주의 고양이다.
세상의 다른 아름다운 것들과 마찬가지로
타이 푸시도 칭찬을 받기보다는 용서를 받아야 한다.

발 길구드

우타가와 구니요시, 〈고양이를 때리는 여자〉, 컬러 목판화, 1846

고양이는 털로 감싸인 심장이다.

브리짓 바르도

익명의 일본 화가, 〈잠자는 고양이〉, 컬러 석판화, 1850년경, 개인 소장

고양이들은 항상 우아하다.

존 웨이츠

파벨 안드레예비치 페도토프, 〈소령의 구혼〉, 1851, 트레티야코프 미술관, 러시아 모스크바

인생에 대해 중요한 무언가를 배우고 싶다면
고양이와 함께하라.

제임스 올리버 크롬웰

귀스타브 쿠르베, 〈아틀리에〉(부분), 1855, 오르세 미술관, 프랑스 파리

이 불운한 운명 속에서 나는 네게 의지한다.
오, 아름다운 고양이여, 네 신성한 눈동자에 의지한다.
마치 내 앞에 두 개의 별이 있고,
폭풍우 한가운데서 북풍을 찾은 것 같구나.

토르콰토 타소

루트비히 크나우스, 〈고양이들의 엄마〉, 1856, 비스바덴 박물관, 독일 비스바덴

고양이는 밖에 내보내면 안으로 들어오고 싶어 하고,
안에 들이면 밖으로 나가고 싶어 한다.
종종 두 가지를 동시에 하고 싶어 할 때도 있다.

루이스 조지프 카무디

안도 히로시게, 〈아사쿠사의 논〉, 컬러 목판화, 1856년경, 기메 미술관, 프랑스 파리

고양이는 놀랍도록 예민한 청력을 가지고 있지만,
당신이 부를 때는 귀머거리가 된다.

작자 미상

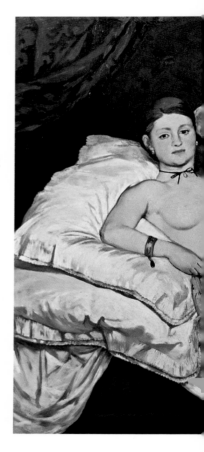

고양이의 몸은
가장 완벽한 진화의 산물이다.

브루스 포글

에두아르 마네, 〈올랭피아〉,
1863, 오르세 미술관, 프랑스 파리

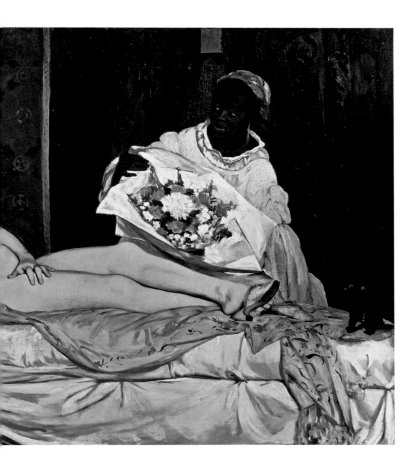

왜 아까운 시간을 그깟 고양이에 쏟아붓느냐고
누가 묻는다면, 논리적인 이유는 없다고 말할 수밖에 없다.
하지만 나는 새끼고양이가 색색 잠들어 있었기 때문에
값비싼 자기 옷의 소매를 잘라냈다는
어느 중국인의 심정을 이해한다.

로버트 앤슨 하인라인

테오도르 제라르, 〈행복한 가족〉, 1865, 개인 소장

사람이 아홉 번의 인생을 산다고 해도
고양이가 우리를 아는 만큼
우리가 고양이를 알 수는 없을 것이다.

미셸 드 몽테뉴

장-프랑수아 밀레, 〈우유를 휘젓는 사람〉, 1866-1868, 오르세 미술관, 프랑스 파리

두 사람의 이야기를 듣고 있던 고양이는
아무런 문제도 없는 듯, 진지하지만 평온한 얼굴로 말했다.
"절망하지 마세요, 주인님! 주인님은 저한테 자루 하나와
숲에 갈 때 신을 장화 한 켤레만 마련해 주시면 돼요.
나중에 주인님한테 무슨 일이 생기는지 구경이나 하세요.
주인님이 생각하시는 것보다 그렇게 나쁘지는 않을 거예요."

샤를 페로, 《장화 신은 고양이》 중에서

귀스타브 도레, 〈장화 신은 고양이〉, 목판화, 1868

인간이 불행에서 벗어날 수 있는 방법이 두 가지 있다.
그것은 바로 음악과 고양이다.

알베르트 슈바이처

모리츠 폰 슈빈트, 〈고양이 교향곡〉, 1868, 주립미술관, 독일 카를스루에

Violino
Allegretto
3/4
crescendo
Andante
dolce
smorzando.
ff.
Grave.
Presto finale
12/8
p.

예민한 사람에게는 고양이와 같은 공간을 사용하고, 고양이와 눈을 마주치고, 고양이가 몸을 비빌 때의 느낌을 경험하게 하는 것이 좋다.

데즈먼드 모리스

피에르-오귀스트 르누아르, 〈소년과 고양이〉, 1868, 오르세 미술관, 프랑스 파리

고양이는 온기와 털, 수염, 그리고
가르릉거리는 소리로 잃어버린 천국을 떠올리게 한다.

레오노르 피니

샤를 샤플랭, 〈젊은 여인과 고양이〉, 1869년경, 콩피에뉴 샤토 박물관, 프랑스 콩피에뉴

처음부터 그랬다.
할 일이 있을 때마다
고양이는 어디론가 사라졌다.

조지 오웰

아돌프 폰 멘첼, 〈고양이와 수레를 끄는 개〉, 1870, 국립회화관, 독일 베를린

내 이름은 르네… 과부에 키도 작고 못생기고
뚱뚱한 데다 발에 티눈도 있다. 눈에 띄는 특징이라고는
내 발에서 냄새가 나면 짜증을 내는 것밖에 하는 일이 없는
게으르고 덩치 큰 고양이를 데리고 혼자 산다는 것이다.
고양이도 나도 서로 비슷한 점을 찾으려 그리 애쓰지 않는다.

뮈리엘 바르베리, 《고슴도치의 우아함》 중에서

작자 미상, 〈마법과 미신〉, 리소그래피, 1870

고양이가 쥐를 잡다가 놓쳤다면
마치 낙엽을 잡으려고 했었던
것처럼 행동할 것이다.

샬럿 그레이

막스 리베르만, 〈노는 아이들〉,
1876, 함펠 미술품 경매소, 독일 뮌헨

결국 신은 진정한 예술가다.
신은 기린과 코끼리, 고양이를
발명하셨다.
그분은 어떤 스타일도 없이
그저 새로운 것들을
계속 시도하셨다.

파블로 피카소

에드윈 롱, 〈신들과 그들의 창조물들〉,
1878, 아트갤러리, 영국 번리

고양이의 우정을 얻기는 쉽지 않다.
고양이는 무모하게 우정을 나누지 않는
철학적인 동물이다.

테오필 고티에

소피 젱장브르 앤더슨, 〈기상〉, 1881, 개인 소장

고양이와 보낸 시간은 절대 낭비가 아니다.

지그문트 프로이트

귀스타브 프랑수아 라셸라, 〈옷 만드는 젊은 여인〉, 1885, 개인 소장

고양이의 사랑을 얻으려면,
녀석을 노예가 아닌 친구로 대해야 한다.

테오필 고티에

고양이가 신기한 짓을 해도 나는 전혀 놀라지 않아.
오히려 평범한 행동을 하는 게 놀랍지.

지노 파올리

피에르-오귀스트 르누아르, 〈모성〉, 1886, 개인 소장

개는 모두가 자기를 좋아해주기를 바라는
자유주의 정치가와 같다.
반면, 고양이는 모든 이가 자신을 사랑하는지에
별로 관심이 없다.

윌리엄 컨스틀러

고양이 코트보다 더 사랑스러운 것이 있을까?
피부에 닿는 감촉이 그처럼 부드럽고 우아하고
따뜻하고 생동감 있는 것은 없다.

기 드 모파상

피에르-오귀스트 르누아르, 〈줄리 마네의 초상〉, 1887, 오르세 미술관, 프랑스 파리

마치 자신의 집에 있는 것처럼
나의 뇌 속을 산책하는
너무나 부드럽고 매력적이고
아름다운 고양이.

샤를 보들레르

찰스 버턴 바버, 〈매력 경쟁〉, 1887, 개인 소장

그는 벽난로 앞에 누워 아주 늘어지게 하품을 하면서
자신에게 제공되는 신성한 배려를 아주 편안하게
받아들였다. 다만 가끔씩 한 가지 생각이 떠올라
거슬릴 뿐이었다. 딱히 이유는 모르겠지만,
정신 나간 누군가가 더 빠른 새로운 종류의 생쥐를
돌아다니게 할 것 같다는 생각이 들었던 것이다.

알렉산더 그레이

빈센트 반 고흐, 〈저녁〉, 1889, 국립박물관, 네덜란드 암스테르담

고양이는 색을 구분하지 못한다잖아.
내가 방을 나갔다가 돌아오고,
밖에 나가서 고양이를 들어올렸다가 내려놔도
흑백의 점이나 주름이 가득한
반짝이는 은박지처럼 보일 거야.

윌리엄 수어드 버로스

테오필-알렉상드르 스탱랑, 〈피에로와 고양이〉, 1889, 프티 팔레 미술관, 스위스 제네바

거리가 네 침대인 듯
거리에서 놀고 있는 고양아
운명이라 불리지도 않는
네 운명이 부럽구나

페르난두 페소아

윌리엄 스티븐 콜먼, 〈새끼고양이와 노는 중〉, 1890, 개인 소장

다림질이 돈이 된다면,
세상의 모든 고양이는 갑부가 됐을 것이다.

아프리카 속담

앙리 루소, 〈피에르 로티의 초상〉, 1891, 쿤스트하우스, 스위스 취리히

가을이 다가오면 고양이들은 더 무성한 털옷을 입고,
화려하고 매력적인 분위기를 내기 시작한다.

피에르 로티

피에르 보나르, 〈하얀 고양이〉, 1894, 오르세 미술관, 프랑스 파리

모든 고양이는 섬세하고 독립성이 강하다.
사회성이 아주 강한 개들과 달리
고양이는 무엇이든 혼자 하는 것을 좋아해서
도움을 필요로 하지 않는다.
고양이들에게는 어딘가에 자리를 잡기 전에,
그것도 고양이들이 꼭 필요하다고
생각되는 경우에만 도움을 주는 것이 좋다.

다닐로 마이나르디

앙리 제보, 〈카르펜티에 초콜릿 광고〉, 컬러 리소그래피, 1895

한 동물을 사랑하기 전까지
우리 영혼의 일부는
잠든 채로 있다.

아나톨 프랑스

폴 고갱, 〈그리스도의 탄생〉,
1896, 노이에 피나코테크 미술관, 독일 뮌헨

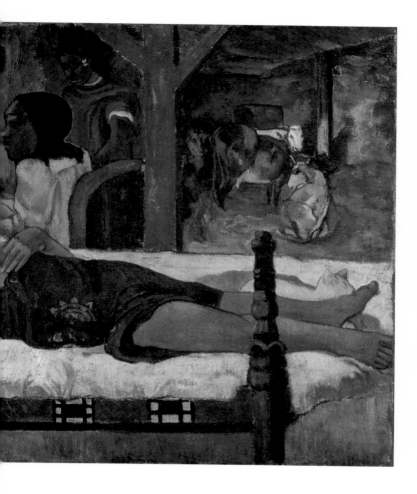

고양이는 가여운 여인들의 손을
덥혀주는 동물이다.

카를로 도시

펠릭스 발로통, 〈게으름〉, 목판화, 1896, 개인 소장

LA PARESSE

Felix Vallotton

만약 고양이가 나무에서 떨어지면
집 안에 들어가서 웃으라.

퍼트리샤 히치콕

테오필–알렉상드르 스탱랑, 〈'검은 고양이' 카바레 개장을 알리는 광고〉, 컬러 리소그래피, 1896

Prochainement
TOURNÉE
DU
CHAT
NOIR
DE
RODOLPHE SALIS
Imp. CHARLES VERNEAU, 114, Rue Oberkampf, PARIS Dépôt

고양이들이 게으르다고요?
그건 고양이들의 강점 중 하나예요.

페르낭 메리

폴 고갱, 〈일하지 않기〉, 1896, 푸시킨 미술관, 러시아 모스크바

고양이도 즐거울 때는 우스꽝스러운 아기곰처럼
극단적으로 재미있고, 추하기도 하고, 사랑스럽기도 하다.
나는 바닥에 우유그릇을 놓아줄 때
고양이의 얼굴을 보며 허리를 숙이곤 한다.

에드몽 로스탕

테오필-알렉상드르 스탱랑, 〈빈제온느 우유 광고〉, 컬러 리소그래피, 1896

고양이가 있는 집에는 특별한 장식물이 필요 없다.

웨슬리 베이츠

헨리에트 로너-크니프, 〈새끼고양이들이 노는 모습을 바라보는 암고양이〉, 1897년경, 개인 소장

고양이는 소위 '추적'이라는 계획을 가지고
사냥을 하지 않는다. 고양이는 '매복',
즉 조심스럽게 전진해서(들키지 않도록 풀 사이에 숨어서)
결정적인 순간에 달려들어 생쥐나 새를 덮쳐
자신의 가장 날카로운 무기인
송곳니와 발톱으로 붙잡고 맛을 본다.

조르조 첼리

헨리에트 로너-크니프, 〈새장 속의 새를 훔쳐보는 고양이〉, 1897년경, 개인 소장

앨리스: 내가 어느 길로
가야 하는지 말해줄래요?
체셔 고양이: 그건 네가 어디로
가고 싶은지에 달렸지.
앨리스: 어디든 상관없는데.
저도 제가 어디로 가고 싶은지….
체셔 고양이: 그래? 그렇다면
어느 쪽으로 가든 무슨 문제가
되겠어.

루이스 캐럴, 《이상한 나라의 앨리스》 중에서

폴 고갱, 〈우리는 어디서 왔는가? 우리는 무엇인가? 우리는 어디로 가는가?〉,
1897, 보스턴 미술관, 미국 보스턴

내 글이 고양이처럼 신비로웠으면 좋겠다.

에드거 앨런 포

세실리아 보, 〈남자와 고양이(헨리 스터지스 드링커의 초상)〉,
1898, 국립 여성 예술가 박물관, 미국 워싱턴

이리 오렴, 나의 예쁜 고양이야.
사랑에 빠진 내 가슴 위로.
너의 발톱은 감춰두고,
마노와 금속이 섞인
너의 눈 속으로 빠져들게 해주렴.

샤를 보들레르

피에르 보나르, 〈고양이와 함께 있는 어린 소녀〉, 1899, 개인 소장

한 마리의 고양이는
또 다른 고양이를 데려오고 싶게 만든다.

어니스트 헤밍웨이

앙드레 랑베르, 〈새끼고양이들〉, 19세기 말, 개인 소장

티파니 같은 느낌이 나는 아파트를 구하면
가구를 사고 고양이들에게 이름도 지어줄 거예요!

오드리 헵번

앙드레 랑베르, 〈앵무새 새장 주변에서 노는 새끼고양이들〉, 19세기 말, 개인 소장

고양이의 초록색 눈이
당신의 내면을 관찰할 때,
당신은 고양이의 눈이
말하려는 그 무엇인가가
진실이라는 것을
확신하게 될 거예요.

릴리언 무어

모리스 드니, 〈세잔에게 드리는 경배〉,
1900, 오르세 미술관, 프랑스 파리

파묻고 싶은 베개와 비슷한
짙은 공단 같은 커다란
네 두 눈을 활짝 열어라!
내 다리에 네 몸을 비벼라,
환상의 스핑크스여! 그리고
네 기억들을 내게 노래하렴.

오스카 와일드

조르주 레멘, 〈여자와 고양이〉,
1900, 오르세 미술관, 프랑스 파리

아침을 달라고 우는 고양이를
조용하게 할 수 있는 버튼은 없다.

작자 미상

피에르 보나르, 〈중산층의 오후〉(부분), 1900, 오르세 미술관, 프랑스 파리

사랑스러운 고양이는 최고의 우울증 치료제다.

일본 속담

파울라 모더존-베커, 〈여자아이와 고양이〉, 1905, 개인 소장

고양이는 독립적인 동물이다.
고양이는 인간에게 구속될 생각이 없고,
인간과 동등한 관계를 만든다.

콘라트 로렌츠

이반 야코블레비치 빌리빈, 〈술탄 황제를 찾아간 상인들〉,
1905, 국립박물관, 러시아 상트페테르부르크

И. БИЛИБИНЪ 1905

내 집에 분별 있는 여자와 책 사이를 지나다니는 고양이,
계절마다 없으면 못 살겠는 친구들이 있으면 좋겠다.

기욤 아폴리네르

배우는 동물을 모방할 때 진정 위대해진다.
고양이처럼 낙하하고, 개처럼 거짓말을 하고,
여우처럼 움직이면 된다.

프랑수아 트뤼포

테오필-알렉상드르 스탱랑, 〈몸을 쭉 편 고양이〉, 1909. 프티 팔레 미술관, 스위스 제네바

모든 일은 기다릴 줄 아는 사람에게 돌아가죠.
단, 고양이는 빼고요.

마리오 안드레티

테오필-알렉상드르 스탱랑, 〈보라색 고양이〉, 1910, 공공박물관, 프랑스 파리

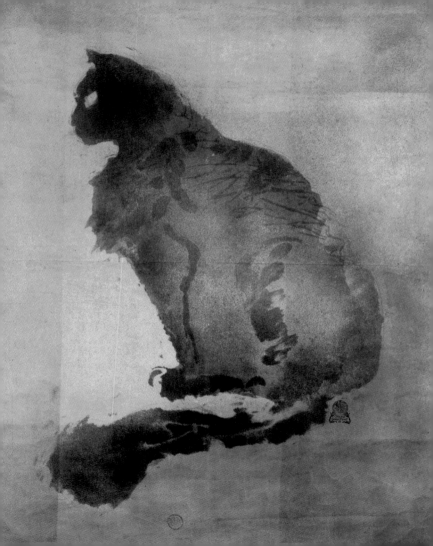

늙은 고양이도 젊은 고양이만큼 우유를 많이 마신다.

영국 속담

프란츠 마르크, 〈고양이와 함께한 누드〉, 1910, 렌바흐 미술관, 독일 뮌헨

수 톤의 약을 만들지 않아도
고양이와 친구가 되는 것만으로도
병을 치료하는 사람들이 참 많더라.

엔조 안나치

에른스트 루트비히 키르히너, 〈마르첼라〉, 1910, 브뤼케 박물관, 독일 베를린

고양이들은 완벽한 자아도취에 빠져 있다.
그들이 몸단장하는 데 얼마나 많은 시간을
보내는지를 보면 알 수 있다.

제임스 고먼

프란츠 마르크, 〈파랑과 노랑, 고양이 두 마리〉, 1912, 쿤스트뮤지엄, 스위스 바젤

고양이 '제롬'이
침대 위로 올라가
완전히 동그란 원을 그렸네.

그 동그라미 안에
다리와 주둥이, 분홍 사탕 색깔 코를
집어넣었네.

꼬리를 말고
조용히 졸고 있지만,
망을 보느라 한쪽 눈은 반만 감았지.

잔니 로다리

프란츠 마르크, 〈노란 쿠션 위의 고양이〉, 1912, 쿤스트뮤지엄, 스위스 바젤

고양이는 애무를 쌓기 위해 태어난 동물이다.

스테판 말라르메

프란츠 마르크, 〈소녀와 고양이 2〉, 1912, 개인 소장

고양이가 있는 집에는 자명종이 필요 없다.

프란체스코 데 그레고리

미하일 라리오노프, 〈카잡스크의 비너스〉, 1912, 국립박물관, 러시아 니즈니노브고로드

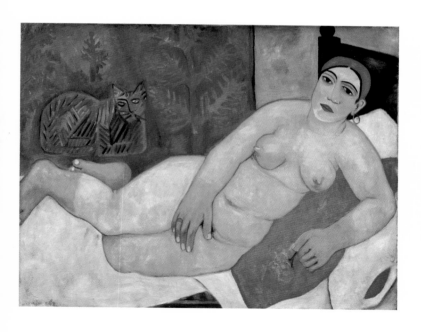

잠복을 하거나 무엇인가를 죽이려 공격할 때,
혹은 훔칠 기회를 노리면서 우리의 식사를 지켜보거나
자기 몸을 닦을 때,
고양이는 세상을 객관적인 시선으로 바라보고,
자신의 시선에 만족한다.

다니엘 라우엘르

피에르 보나르, 〈여자와 함께 있는 고양이〉, 1912, 오르세 미술관, 프랑스 파리

고양이와 거짓말의 두드러진 차이는
고양이는 목숨이 아홉 개나 된다는 것이다.

마크 트웨인

헨리 매슈 브록, 〈장화 신은 고양이가 산토끼를 가지고 왕 앞에 도착한 장면〉, 1914, 개인 소장

고양이가 제 앞의 우유그릇을 핥지 않고,
그냥 앉아 있을 때가 있으랴.

독일 속담

고양이에게는 어떻게 하면 즐거운 시간을
보낼 수 있을지 가르칠 필요가 없다.
그 방면에선 이미 확실한 재능을 타고났기 때문이다.

제임스 메이슨

로베르트 세들라체크, 〈장난꾸러기 새끼고양이들은 귀여웠다〉,
엘제 우리의 《초등학교에 입학했을 때의 이야기》를 삽화로 그림, 1919

Robert Sedlacek-Wien

미래를 예측하는 것은 불이 꺼진 방에서
있지도 않은 검은 고양이를 찾는 것과 같다.

중국 속담

카를로 카라, 〈사랑의 집〉, 1922, 브레라 미술관, 이탈리아 밀라노

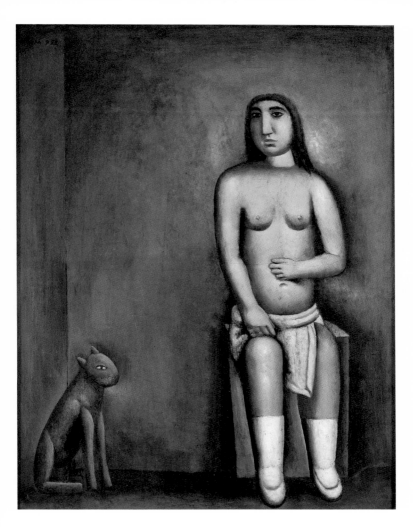

검은 고양이가 길을 건너서 당신에게 오는 것 같지만,
사실 다른 곳으로 가고 있는 것이다.

그라우초 막스

에른스트 루트비히 키르히너, 〈검은 고양이 보비〉, 1924, 개인 소장

'집고양이'라는 말에는 모순이 있다.

조지 프레더릭 윌

엘자 헨즈겐-딩쿤, 〈전등 주변의 가족〉, 1925, 개인 소장

여자와 고양이는 원하는 대로 행동한다.
남자와 개는 느긋하게 그들의 생각에 적응해야 한다.

로버트 앤슨 하인라인

오토 뮐러, 〈집시들과 고양이〉, 1927, 루트비히 박물관, 독일 쾰른

나는 고양이들이 지상에 내려온 영혼이라 믿는다.
고양이들은 구름 위에서도 걸어다닐 수 있을 것이다.

쥘 베른

파울 클레, 〈고양이와 새〉, 1928, 뉴욕 현대미술관, 미국 뉴욕

나는 수많은 철학자와 고양이들에 대해 연구했다.
그 결과, 고양이의 지혜가
철학자보다 훨씬 우월하다는 사실을 발견했다.

히폴리트 텐

콘라트 펠릭스뮐러, 〈알텐부르크의 린데나우 박물관 관장 한스 코논 폰 데어 가벨렌츠의 초상〉,
1933, 개인 소장

내가 기타를 연주하면
고양이는 좋아서 가르릉거리는 소리를 냈다.
별 하나가 내 곁으로 아주 가까이 다가와
미소 짓고는 다시 하늘로 올라갔다.

지노 파올리

에른스트 루트비히 키르히너, 〈클레에게 보내는 경배〉, 1936, 개인 소장

남자는 강아지처럼 부르면 온다.
여자는 고양이 같아서
떠나보내고 싶을 때 부르면 된다.

미셸 갈라브루

루치안 프로이트, 〈소녀와 새끼고양이〉, 1947, 개인 소장

고양이는 물고기를 좋아한다.
하지만 절대 물을 건드리지 않는다.

로마 속담

발튀스, 〈지중해의 고양이〉, 1949, 개인 소장

샴고양이를 키우는 것보다
자기 자신의 정신을 수양하는 게 더 쉽다.

프랑시스 블랑슈

　자크 남, 〈샴쌍둥이 고양이〉, 리소그래피, 20세기, 개인 소장

불이 난다면,
램브란트와 고양이 중에서
나는 고양이를 구할 것이다.

알베르토 자코메티

알베르토 자코메티, 〈고양이〉, 1951, 베르그루엔 미술관, 독일 베를린

그래도 고양이들은 사랑스럽다.
특히 의자를 스치고 지나갈 때 쓰다듬어주면 좋아서
가르릉거리며 몸을 둥글게 말고 노란 눈동자로
우리를 바라볼 때 사랑스럽다.
하지만 고양이의 눈은 결코 우리를 보는 것 같지 않다.
고양이들의 눈에서는 상냥함과 모호함, 그리고
자신만의 쾌락을 추구하는 사악한 이기주의가 느껴진다.

기 드 모파상

앤디 워홀, 〈샘〉, 리소그래피, 1954, 개인 소장

마라마오, 네가 죽은 것은
빵과 포도주가 부족해서였지.
정원에는 샐러드가 있었고
넌 집도 있었어.
사랑에 빠진 암고양이들은
아직도 네게 가르릉거리지만,
문은 계속 잠겨 있고
너는 이제 대답을 하지 않지.

니콜라 아릴리아노

제르맹 판 데르 스테인, 〈고양이〉, 1958-1960, 프로 아르테 카스퍼 갤러리, 스위스 모르주

고양이만큼 특정한 표현을 함으로써
자신의 기분을 분명히 드러내는 동물은 별로 없다.

콘라트 로렌츠

파블로 피카소, 〈가재와 고양이〉, 1965, 솔로몬 구겐하임 미술관, 미국 뉴욕

모든 동물 중에 여자와 파리, 고양이가
스스로를 가꾸는 데 가장 많은 시간을 보낸다.

샤를 노디에

발튀스, 〈거울을 보는 고양이〉, 1977–1980, 개인 소장

생각에 잠긴 고양이의 의젓한 자세는
마치 인적 없는 사막 한복판에 드러누워
끝도 없는 꿈속에 잠긴 듯한 거대한 스핑크스 같다.

샤를 보들레르

마리아 블라디슬라보바 포도로바, 〈고양이〉, 1998, 러시아 박물관 미술관 연합, 러시아 모스크바

그림 작가

명언 작가

444

그림 소장처 및 저작권